名流詩叢
52

竹林颯颯

Sounds of Bamboo Forest

竹林颯颯，
回響穿過樹間，
智慧與和平細語，
乘著微風。

樹葉沙沙交響曲，
軟語勝過硬心腸，
和諧的旋律，
響徹竹林幽谷。

〔韓國〕姜秉徹（Kang, Byeong-Cheol）◎著
李魁賢（Lee Kuei-shien）◎譯

推薦序
「宇宙真理」與「和諧」
"The Truth of the Universe" and "Harmony"

李魁賢

台灣國家文藝獎得主

　　詩是一種想像，但我不認為是純粹想像的文學。我喜愛的詩，是從實際觀察中描述自然景觀，文本則涉及人類有關實際遭遇的經驗。我們讀詩時，一方面欣賞自然之美，另一方面感悟人間萬象。

　　試以詩人姜秉徹的詩〈竹林颼颼〉為例，第一節描述風吹過竹林時的實際情況：

不論吹多大的風，

綠林永遠不會吹垮。

一旦風過啦，

綠林傲然挺立，

引人讚賞。

　　接著，情境逐漸由自然界，移轉到人間，第二節出現「竹林颯颯，／迴聲穿過群樹，／智慧與和平細語，／乘著微風」。於此，有精彩的擬人化想像，即「竹林颯颯，／…／智慧與和平細語」。下一段，「樹葉沙沙交響曲，／軟語勝過硬心腸，／和諧的旋律，／響徹竹林幽谷」。此處出現「軟語」與「硬心腸」的對比，正如社會的多元現象，相異其趣的

「軟」與「硬」情形，造成「和諧的旋律」。可見「和諧」的形成，是妥協，而非統一。

　　最後一節，將自然界中發生的現象，投射到人際關係上，啟發我們如何由人類從「智慧」之道，去求得「平安」：

　　　任森林對你說話，

　　　任其智慧指引道路，

　　　聆聽竹林颯颯，

　　　每天和平度日。

　　又如〈海邊尖石〉一詩，描寫海邊尖銳岩石與海浪搏鬥的自然現象。仔細觀察發現：

柔能克剛，

筆強過於劍。

宇宙真理，

尖銳岩石變成鵝卵石，

尖銳事件也會變成圓融事務。

　　這就是「宇宙真理」，結果，在此詩最後一行「它們與平靜的海浪和諧相處」，其中「它們」指「鵝卵石」。趨近「和諧」是詩人最佳目標，指向詩創作的歸宿。

　　我喜歡讀詩人姜秉徹的詩，特此推薦給愛好詩的讀者。

2023.04.07

推薦序
人類心靈的內在反映和觀察
Inner Reflections of the Human Mind and Observations

蘇拉夫・薩卡（Sourav Sarkar）

印度詩人

姜秉徹詩集《竹林颯颯》展示人類心智的內在反思，以及導致至高思惟的觀察。在〈竹林颯颯〉這首主題詩中，竹樹被視為從人類生活複雜性中解脫的象徵。詩人倡議在自然界及其寶藏中，尋找精神的平靜和滿足。

詩人旨在藉能夠激發人民積極性和信念的方式，表達樹木的沉默。在〈海邊尖石〉這首詩中，他頌揚寬容的普遍力量，和接受世界真相的重要性。詩人動

腦探索人性和自我滿足的深度，認為即使在生活的痛苦和挑戰中，也可以從任何事物中找到和平。

詩人過著簡單生活，傳達希望和團結的信息，在他的作品中引起共鳴。他堅信智慧的力量和透明性，始終「向前運動」。他的詩涵蓋四季，從目睹雪落白樺林，到在濟州市的自然美景中尋找靈感。

在〈生命之旅〉詩中，詩人反思生命不可預測的天性，但強調我們選擇的力量，可以使其變得難以置信。他相信生活應該像河，自由暢流，並在他的作品中高度讚揚這種人生觀。

在〈給兒信〉和〈我的朋友喬碧后〉等詩中，詩人分享他對人際關係的深刻觀察，進一步凸顯對人處境的理解。

推薦序
旅遊愛與光的國土
Journey to the Land of Love and Light

喬碧后（Kiều Bích Hậu）
越南作家、翻譯家、新聞記者

　　閱讀濟州島詩人姜秉徹博士的詩集，我彷彿啟程一趟內界旅遊，到達我內心、我的心靈，發現我所擁有、卻從未見過的光。每一詩句都深深觸動我，讓我深深相信，我們生在地球上的人就是要互相關心。

　　這是我在作家姜秉徹詩中發現的真正奇蹟。每字都有故事，我要閱讀來回歸自己——那個遠勝於我的卓越自己。我認為，最偉大的詩是，能夠引導我找到真正的自己心靈。這是人的同情心，雖然我們不住在同一個國家，不說同樣語言，但我們心靈可以相伴，

可以滲透成一體。

　　姜秉徹博士的詩為所有讀者所熟悉，因為他的詩取材大自然。他憑心靈歌唱，讓萬物在最美麗的和諧中一同歡唱。海、沙灘、樹葉、花朵、竹林，自然界的一切，都幸福地圍在他周邊，他從這裡得到教訓，藉深邃詩句呈現給我們。

　　我看到姜秉徹博士在世界各地的人生旅程中，獲得很多智慧。路上遇到的每一個人，都給他帶來快樂，或失落的痛苦。我們都知道愛意味著甜蜜，愛也意味著痛苦，我們不是接受此雙重性，就是加以放棄。他經歷過相遇，然後告別，畢竟，他把所遇到的人的感情，在詩的深情中，轉化為生活哲學。

所有生物

必須忍耐痛苦，

我給你的，

你給我的，

可能經得起失落。

我們在這裡為彼此

承擔失落的痛苦，

為你，為我，為我們，

犧牲就是過聖潔的生活。

聆聽內心之歌，

誓言永恆的愛，

無論是信仰還是俗世的愛，

每次誓言承諾損失，也是獲利。

———〈生活與忍耐〉

那些美妙的詩句進入我的腦海裡，駐留，在我安靜的時候，總會發出回響，讓我的心靈與他的詩句一起歌唱。感謝作家姜秉徹給我機會讀他的詩，旅遊愛與光的國土。

推薦序
靈性的細語
Spiritual Whispers

魯辛格・班達里（Rupsingh Bhandari）
尼泊爾詩人

　　最近，我收到韓國著名詩人姜秉徹教授詩集《竹林颯颯》，很高興能把我的感受編進他的詩裡。感謝聖母峰和佛陀的國家。姜教授大部分的詩，就像大自然的療癒音樂，融合人類美感和精神美，讓我們神祕複製進入人性的偉大境界。事實上，他那種溫柔平靜的文字運作方式，令人感到不可思議。

　　自古以來，在語言誕生之前，人類就一直在努力創造更佳、更美的世界。我相信詩與人類文明同步行進；我們不是分離的生命，而是這個複雜而美麗創

造物的簡單成員。在語言誕生之前，必定有簡單方式表達愛和感情，毫無疑問，詩也已經存在。姜教授的詩也以同樣的方式，引導人類走向自然的環境，超越人類門檻。在他的筆下，人的內在美孕育靈性智慧；他的詩徐徐灌輸正義，跨越世俗。簡言之，他像佛陀般以簡單的方式，傳達深刻的人類價值。例如，他在〈眼睛只長在前面的道理〉詩中，優美地描繪了人生的真相：

　　保持眼睛向前看，走

　　走，繼續走

　　……

　　活生生的人

必須向前運動。

這些詩行引導我們走向正確的命運。他奇妙地確信眼睛只長在前面的道理，讀他的詩，意味解放我們的無知。因此，他的文字打擊現實，指引讀者步上自然道路。

當今世界的尖端科學技術，正在束縛人類的情感和環境，使我們脫離自然性。每一種邪惡和死亡，都會削弱我們內心的某些事物，詩記錄一切，並發現逃離這個地牢的出路。姜教授的詩壓扁人類的自我，呼喚我們與難以觸及的狂喜融為一體。他的詩內容豐富、感人至深；可以像深沉冥想一樣治癒讀者。正如他在〈生命之旅〉這首詩中描述的智慧：

生命之河不可預測，

但可以選擇使其難以置信。

　　這些簡單而有力的詩行，在不可預測的生活中激
勵我們，簡直難以置信。他的詩關鍵在於，從我們實
存中提升自然生命。他的誠實格言和藝術文字運作並
行，超越一切偏見，邁向內心頂峰之旅。

　　總之，他的詩主題深刻又具有普世性，富於機
智，唱出自然的無歌旋律，細語神聖性。他莊嚴寫詩
的馥郁，將永遠在人民心中共鳴。

　　衷心祝他的詩創作，成果輝煌。願他不斷揭示個
人智慧祕密，為世界帶來和平與幸福。

目次

竹林颯颯
Sounds of Bamboo Forest

不論吹多大的風，

綠林永遠不會吹垮。

一旦風過境，

綠林傲然挺立，

引人讚賞。

竹林颯颯，

回響穿過樹間，

智慧與和平細語，

乘著微風。

樹葉沙沙交響曲，
軟語勝過硬心腸，
和諧的旋律，
響徹竹林幽谷。

任森林對你說話，
任其智慧指引道路，
聆聽竹林颯颯，
每天和平度日。

海邊尖石
The Sharp Rocks by the Seashore

連堅硬的黑色岩石
都會被海浪打碎
海浪力量永不疲倦。

我本是海邊尖銳岩石，
堅硬且邊緣鋒利，
抗拒海浪侵襲。

如今，我碎成圓形鵝卵石，
長期間學習教訓。

柔能克剛，
筆強過於劍。

宇宙真理，

尖銳岩石變成鵝卵石，

尖銳事件也會變成圓融事務。

鵝卵石在岸邊與海浪嬉戲，

不再與海浪搏鬥，

與平靜的海浪和諧相處。

鯨頭鸛的耐心
Endurance of the Shoebill

在烏干達濕地，鳥高高挺立，
無止境的寧靜中，等待食物，
大嘴巴形狀像鞋子，隨身拖拉。
耐心鎮靜，站在水裡，
等待獵物到來，毫不猶豫。

眼神銳利，焦點專注，
鯨頭鸛憑技巧和感覺挑食物。
以閃電速度攻擊獵物，
強力有勁的喙毫不遲疑。

不畏艱險，鯨頭鸛耐心等候，
歷經惡劣氣候，耐心堅定不移，
置此世間倖存場地，
決定，永不放棄。

從早到晚，尋尋覓覓，
直到白晝結束，夜幕降臨。
鯨頭鸛是有力且強壯的生物，
耐心的象徵，奇妙的眼光。

龍夢破碎
Broken Dream of Dragon

龍頭岩轟立在夢想化解的濟州海岸。

被海浪侵蝕的龍形，滿是悲哀。

雖不宏偉，卻呈現豪氣，

傳說中聳立到達天空的岩石。

相傳龍來尋找真珠類寶玉，

不料被神箭射落，墜入海中。

瞬間，龍頭凍結，仰望著天空，

充滿無盡失望的夢想世界。

然而，來龍頭岩的人遇見現實而非夢想。

可以見證女性潛水員在海中辛勤工作

享用遍布該地區的咖啡館、酒吧和餐館。

前來探訪龍頭岩的旅人
可以體驗濟州的歷史和風光，
在此傳說與現實交相輝映的地方，
內心卻帶著悲情龍的夢想離開。

生活與忍耐
Live and Endure

所有生物
必須忍耐痛苦，
我給你的，
你給我的，
可能經得起失落。

我們在這裡為彼此
承擔失落的痛苦，
為你，為我，為我們，
犧牲就是過聖潔的生活。

聆聽內心之歌，

誓言永恆的愛，

無論是信仰還是俗世的愛，

每次誓言承諾損失，也是獲利。

緊緊抓住我們所珍惜，

明白生命瞬間即逝，

愛的奧祕就是：

失落越大，閃光越亮。

兩顆心屈服於
絕對的愛，
在失落中緊緊擁抱，
栽培生命盛開的花園。

今天，一粒種子被風吹走，
掉落到地面，
發現樸實黃花綻放
在某家花園裡。

希臘星亮晶晶
Shining Star of Greece

使人快樂的是人。

我遇見一位善心人

她不承認自己閃耀亮麗。

我對她說，

「朋友呀，

妳是亮晶晶的寶石，

閃閃發光的鑽石。」

即使妳眼睛能看到自己的表現，

我會看到妳亮晶晶的內在，多麼珍貴。

即使星星距離很遠，

還在我胸膛閃亮。

即使妳在遙遠的地方，

正好在我心中閃亮光芒。

真正的友情，

是最崇高的愛。

有一次妳對我說，

「各種愛都有不同意義。」

我最高的愛是友誼，

親愛的朋友，

妳最珍貴，

是亮晶晶的鑽石。

妳讓我快樂，

妳給我溫暖。

我們祖先在唱歌
Our Ancestors Sang Songs

我們祖先悲傷的時候，會唱優雅的歌，

在崇山峻嶺外的綠色田野，

他們會回想，沐浴在陽光下的杏花。

他們用肩拖犁，每位都在操勞，

在園地土壤辛勤工作，

他們勞動雖然辛苦，卻帶來快樂，

生產農作物，他們感到有收穫。

海浪拍擊洶湧海面，

夕陽西下，目睹動人的景觀，

我們必須記住，直到淚下，

明天會為我們全體帶來新日子。

我們的傳統歌曲，如此又美又真，
受到眾人喜愛，在我們心中成長，
願永遠生生不息，
傳給我們後代，像黎明一樣。

讓我們歡唱祖先的歌曲，
「猛虎下山啦！老虎下山啦！
野獸穿過廣袤森林的山谷下山啦！」

一滴改變未來
A Drop That Will Change the Future

很久以前，在立陶宛維爾紐斯大學，

讀到一句話震動我的心弦：

「一個觀念改變未來。」

每當我在街上走，

或者在喝咖啡，

這句話會湧上心頭，

像優美的詩句。

土耳其詩人有一個觀念，

關於地球文明的發想，

相信我們可以改變未來。

因為真心可以感動世界，
就像隨風吹的蒲公英種籽，
可以根植傳遍全球。

願詩人的觀念
廣泛遠傳世界各地，
經由眾多點滴的共同努力，
願匯聚成一片海洋，
就我們所知改變未來。

眼睛只長在前面的道理
The Reason
Why Eyes are Only in the Front

保持眼睛向前看，走

走，繼續走

僅在必要時退後一兩步。

但每個人命中注定向前進，

活生生的人

必須向前運動。

如果你深深喜愛過往

要從中尋求神聖的啟示

那麼無妨停留在那裡

否則，就要在此動態中生活。

銀樅樹的葉子，在陽光中閃閃發光，

除非無風，否則不會露出背影。

除非絕對必須回頭看，

那就繼續向前進。

或許有時候你會退後幾步，

但即使無月夜，你也必須前進。

銀樅樹顯示出背面更美，

但無風時，不會露出明亮的銀色。

在涯月 · 漢潭海邊
At the Seaside of Aewel Handam

你感到生活太困苦的時候
到海邊去吧
在那裡，你昂首挺住風，
眺望大海
連同二十八棵棕櫚樹。

眼見紅日消失在無盡地平線外
並期望神的福音啟示。

即使在陰天，有微光
透視灰色雲層，可幫助某些人
理解到世界正是多麼美麗。

你感到世界污穢而殘酷的時候，
到涯月‧漢潭海灘去吧。
懸崖下方，遼闊海洋往外伸展，
你會看到世界本來面貌
在佛陀舉足展現美麗世界之時。

＊涯月‧翰潭位在韓國濟州島的西北海岸。

被遺忘的事
Forgotten Things

「地球文明如何肇始？」學生問

「在雕鑿石斧的時候？」

「正當生產陶器時代？」

地球文明是人類的創作

始於我們彼此關心

動物不會創造文明

只有掠食者和獵物

我們正在遺忘

文明是如何建立

如何塑造我們的未來

很久以前，當文明初生
祖先就知道我們必須互相關懷。

為什麼打雷
Why does It Thunder

冬天是休息的季節。

萬物靜止，誰來喚醒春天？

雪融化時，不會打雷。

因為雷聲不能喚醒春天，

人民就放煙火。

打雷的時候，

喚醒人民的良知。

煙花燃起愛，

激發熱情。

人民擊鼓
鼓勵行動，
天空打雷時
喚醒良知。

「轚！轚！」
「轟，轟！」
「噼哩啪啦」
的聲音
一切聲響都在喚醒某事。

「孤獨」是什麼意思
What "Alone" Means

為了弱化人類，
上帝把人分成兩半。
孤獨就會軟弱。

孤獨就是缺乏整體，
正如黑夜渴望白晝，
彼此不相見。

向日葵很高興有太陽，
風車有風就快樂，
蜜蜂很高興有野花。

人有伴真幸福，

丈夫很高興有妻子。

雪落白樺林
Snow Falling White Birch Forest

環遊世界後

我現在正在觀賞

雪落在波蘭的白樺林

我在思念濟州市的陽光

沒有比陽光更珍貴的禮物

濟州市的秋陽燦爛

你永遠不知道我多麼喜愛陽光

天空灰暗時，沒有什麼能讓我開心

我正渴望陽光，邊觀賞

雪落在波蘭的白樺林

雪花緩緩落在覆雪的白樺樹上

我的朋友喬碧后
My Friend, Kiều Bích Hậu

妳是誰？

我很關心妳

一直在尋找妳自己美麗的價值

我感到親近、關心妳並分享活動

我的朋友喬碧后

妳把我透露給世界

我心裡在想什麼

我該怎麼辦

通過我們的友誼

讓世界瞭解我

人就像一座島
我們的生命就像島
樹木和鳥類
就是島的朋友

沒有朋友的人是荒島
沒有泉水和樹木的島
我最親愛的朋友喬碧后
用妳的善心讓鳥類休息
妳是我的樹木和泉水

彼此關心、親密、分享活動

使我們成為朋友

我最親愛的朋友喬碧后

＊喬碧后，越南女詩人。

在克盧日·納波卡
In Cluj-Napoca

位於羅馬尼亞西北部地區，
少年吉普賽人獻上一朵白花，
在羅馬尼亞第二大城市。

我不知道摘自哪家房子的牆壁，
但我拿出一張美國鈔票，
在空中揮舞一朵花。

活在絞刑架下，怎麼會落到這裡？
他們的面孔和膚色與我相似，
卻不能與外國人相融，無法與祖先交流。
勇敢戰士的後代，可能是成吉思汗陣亡將士，
正在獻上一朵白花。

聖若瑟大教堂
St. Joseph's Cathedral

在蒙特婁西南部，

朝天空升舉，

在綠樹頂成為加拿大象徵。

建造大教堂的教士安德列，

據說白手治癒數不盡無救的病人，

有留在大教堂內500多根手杖和枴杖為證。

艱難攀爬300級樓梯，

患有不治之症的病人一步步跪爬在懺悔祈禱。

看著懺悔樓梯盡頭留下的神奇手杖和枴杖，

我試圖回憶自己絕望祈禱的時刻，

但我的記憶模模糊糊。

男孩和沙漏
The Boy and Hourglass

沙漠中，一位男孩站在
沙丘頂上，充滿喜悅。
他漫不經心轉動輪子，
不明白生命的循環圈套。
迷失在海市蜃樓，失去視線，
不知道車輪的真正困境。

轉三十圈後，看到自己的倒影，
八十圈後，沙子屈服於解體。
陽光下閃亮的碎片，
混合沙子，還是一體。

一位男孩站在沙漠中，
被太陽計謀曬渴烤焦。
被海市蜃樓蒙蔽，看不見，
車輪無休止欺騙性狂歡。

時光在前進，帶著我們，
新的旅程各自滴答聲和鑼響。

在斐濟
In Fiji

如果你想知道，

人如何成長，那麼去斐濟吧！

習於在你我之間

不加分辨的人，

生活在斐濟，共享地球、

樹木、森林、風。

同樣，曾經有一段時期，

世界上無人擁有自己的東西。

沒有財產而感到焦慮的人
和沒有財產卻感到舒適的人
在這世界上共同呼吸。

在斐濟，很難找到煩惱的人，
而在仁川機場
很難找到不煩惱的人。

即使此刻，在美國駐斐濟大使館前，
可能有無主的芒果
偶爾會掉落。

傳遞生命火炬
Passing on Life's Torch

人凝視龍化石，

會審思自己的命運，

為什麼會遭遇如此結局，

並成為歷史板塊的一部分？

也許缺少愛，

或者說犧牲還不夠，

所以如今才會在

時間凍結中，如此堅固。

但皇帝企鵝顯示，
愛與犧牲攜手並進，
對於勇者，寒冷和雪
可以確保後裔的立場。

世世代代
傳遞生命的火炬，
懷著大愛和奉獻精神，
沒有單一走廊。

圓環事物蘊藏
生命火花的祕密，
圓形空間創造
照亮黑暗的火焰。

種子犧牲自己，
點燃生命的火焰，
全能事物慷慨賦予，
沒有任何爭執。

注意看皇帝企鵝，
是愛與犧牲的象徵，
因為如果沒有愛的關懷，
也早已變成化石。

給兒信
Letter to Son

親兒呀，今天寫信，
談談檢驗為真的價值。
信用是任何結合的基礎，
否則，人際關係根本免談。

有些人假裝善良，
很難發現其真實意圖。
自戀者會利用他人謀利，
名聲最終付諸東流。

保持信用合作的人，

會有人回報他們的奉獻。

所以別為短利而放棄信用，

要培養溫暖關係並加以持久。

萬一你被困在荒蕪海岸，

記住不要再造成傷害。

我們都在一起，手拉手，

所以，要報答懂事者的信用。

願我們都珍惜信用價值，
以誠實公正的態度過生活。
祝你健康快樂，
親兒呀，以我全部親情。

寧靜的夜晚
Quiet Evening

日落中

以美麗的紅彩塗裝世界

但紅不僅僅是單色

夕陽紅漸褪是雄壯而憂鬱的色彩

更加美麗。

這個世界有時稱為娑婆世界

人在此必須忍受各種苦難

其實，這是美麗的世界。

誠如舍利弗所說：
這個世界就是娑婆世界
那時，佛陀舉足，指向世界：
就這樣，世界光明亮麗
無一不美。

在這寧靜的夜晚，
我確實看到佛陀舉足，
在此餘光下的祥和時刻
是顯露世界真相的時機，
就在佛陀舉足之時。

要記住燦爛的世界，

在進入黑暗之前，

在開始新日子之前，

正值佛陀舉足時，

此「寧靜平安」的時刻。

如果海洋平靜
If the Ocean were Calm

如果海洋平靜就好極啦，

可是如果平靜太久，會殺死海洋生物。

即使波浪矛盾，生活也充滿矛盾。

如果一切都順利，我們學不到什麼。

隨著年齡增長，同學們四散，

我感覺人生只能順其自然。

我們想共享美好時光，

但總避免在艱難時候共享。

然而，人生始終在學習過程。

逃避痛苦無法學習到任何事，
但克服痛苦確實可體會某些事。
鑽石是在壓力下製成。
最大的榮耀來自於痛苦。

聆聽那些先人的教訓，
低聲自問，
你是屈服於痛苦的溫順生物，
還是克服痛苦的勝利者？

正如非黑暗時，星星不會發光，
璀璨的黑珍珠總是能克服痛苦。

生命之旅
Journey of Life

在我們彎彎曲曲航行時，
生命之河繼續翻騰，
我們懷著希望和決心，
實現我們的夢想和願望。

生命之河不可預測，
但可以選擇使其難以置信。
藉具有目的和意圖的生活，
全神貫注擁抱各種契機。

讓我們隨著生命之河暢流，
並充分利用每一契機和衝突，
終究，無關我們得到什麼，
但記憶和愛永遠存在。

人生就像河流，流向大海，
對你我而言是獨一無二的旅程，
憑毅力和勇氣，能渡過難關，
發現生命中隱藏新機之美。

生命如畫布，塗繪多種色彩，
全視運氣好壞，我們都被釘上，
但只要努力，一定獲得成功．
每次經驗，都獲得成長。

抱怨不會給我們帶來任何進展
我們必須學會感恩和明白，
我們所承受的支撐是
來自幫助我們達標的他者。

過橋，我們一起同行，
彼此相助度過風雨飄搖，
我們減輕負擔，指引道路，
將挑戰轉化成機會。

兩個天門
Two Sky Gates

中國天目山的張家界天門，

高山絕巔，敞開朝天門。

有時夕陽照耀，有時雲彩穿過，

又雄偉，又美觀。

下龍灣的天門是下凡的龍所創造，

從海上可看到天門。

人民尋找大門，

儘管存在許多隱形牆壁和界限，

人民相信能夠敞開大門。

我們必須敞開大門，

凡自認傑出人才心裡都有牆，

而鄙視他人者都必須敞開大門。

中國人和越南人也各有天門，

由於很多人都有同情能力，

利用那能力打開天門，

若無情感和直覺智慧，人的存在有限。

當人人擺脫身體和精神障礙，

體會到愛沒有隔閡，陽光平等對待。

我們共同聞到春花芬芳，

隨著優美音樂起舞！

慶祝天門開啟，

我們跳舞吧！

蓮花盛開
Blooming Lotus Flower

從前，有一位智者說過

要快快樂樂

感覺舒適

學習如何讓自己冷靜

保持心靈和平

聲譽和獎牌沒有意義

都將消失有如風中灰塵

當你的人性成為過往雲煙

就會損失珍貴寶石

身為年輕人，不尊重自然法則

一切都處於流動狀態

一切都漸漸變老

你沒聽進智者的話

當你從事無意義的談話時

當你參加議論的時候

理解到正在爭辯無常的事情

你可以導正錯誤

遵守成文和不成文的規則……

呼吸要深沉而緩慢

要快快樂樂

要舒適

保持和平

如此會大有作為

以智慧享受生活樂趣

寶石在蓮花中

從你、我和我們綻放燦爛光芒

生命持續，慈悲力量強大……

願人人受到人人歡迎

蓮花期望果熟，

為了人類心靈和平。

喝薰衣草茶
Drinking Lavender Tea

人類心靈，在植物當中，
追尋幸福的珍貴目標
找尋完美的靜寂與和平
有如其他噪音全部都止息。

面紗掀開時，祕密顯露，
為什麼我們內心依然孤獨？
在現實嚴肅的世界裡，
我們要屈服、妥協，或學習？

紫色薰衣草，神聖禮物，
賦有克服心情憂鬱的力量。
想想看，
水流向地勢較低的地方，
終於形成蒸氣往頂上升騰，
卻以下雨回歸，為已知命運。

如果我們思考天命的雨，
連最卑微的人也能達到
超過運氣的高貴。
在我們觀察水的轉型當中，
看宇宙展示的變遷，
喝薰衣草茶，思考這些現象。

黃眼黑貓
The Black Cat with Yellow Eyes

溫暖明媚春日，

一隻小流浪貓迎面而來，

跛行驚慌喵喵叫，

疑慮若我靠近，是否安全。

雖然牠害怕，我還是給些食物，

牠困惑望著食物盤，

意外跑走啦

稍後又帶著好奇的眼光回來。

牠在杜松樹下吃，

慢慢，開始緩和緊張，

不再跛行，恢復活力，

爬上五級樓梯，靠近我。

但貓還是會怕，

我不知道需要多長時間

才能獲得信任，更加靠近，

更加友善看待我。

在溫暖春日，我們對視，
彼此眼神，驚奇。
我想知道貓在想什麼
或許貓也想知道我在想什麼。

真相不明，但我們，
還是共享片刻，激動，
和平，在那個春日，
貓和我，都陷入深思。

丟棄物的象徵
Symbol of Discarded Things

香蕉的黃果皮和甜果肉

顯示被丟棄的命運。

類似我們生活的一部分

我們擁有的一切達到目的時

最終都會被丟棄。

我們還是會珍惜這些事物。

事物已經達到目的的可憐景象

給予我們無法迴避的教訓。

禮物無論包裝多麼精美，
當禮物打開時
包裝就會撕破丟棄。
我們擁有的一切
終究會變成不必要而丟掉。

不再長葉子的樹木，
夕陽拉長的影子，
拄枴杖的老人，
飄落的諸多花瓣，
以及街上滾動的乾燥秋葉，
象徵我們生活中的記憶和經歷，
終究會變成不必要而丟棄。

我們生活是一堆廢棄的樹葉

為更豐富的嫩芽鋪路。

一切丟棄物

都象徵有意義的生命。

悲傷和孤獨的救星
Savior of Sadness and Loneliness

活著意味什麼？
行走、站立、坐下、躺臥，
日常生活的全部動作。

但生活中，有感情。
那些感情從何來？
在心靈深處迴響，
悲傷、孤獨、喜悅、興奮、
這些是文化種籽。

經由音樂、舞蹈、詩，

表達我們感情，釋放我們心靈。

這些文化種籽會更加茁長

經由音樂、舞蹈、吟詩，

已然照亮人類文明！

文明之母是文化，

文化的種籽可能是無聊。

早先，人民開始想像和吟詩

以克服無聊。

即使如今，我們必須吟詩，

因為那是悲傷和孤獨的救星。

萬物互聯
Interconnection of All Things

為了讓一朵玫瑰綻放，
不僅僅需要空間，
也要陽光、水、礦物質，
全部協同，開始調配。

空氣中有蒸汽，
會下雨，開始照顧植物，
一天天長大，再長大，
以本身互聯的方式。

凡存在率皆交織在一起
萬物都受影響且相混，
必然會在某些方面變化，
像植物一樣生長，又高又壯。

從其一，可以發現整體，
總之，我們找到其一，
萬物串連，無論遠近，
交織貫穿永恆。

我們必須超越對立，

力求和諧與信任，

為了人類的和平未來，

團結一致與繁榮。

迷人心靈的魅力
The Allure of a Captivating Soul

響徹海洋彼岸的聲音，

帶來溫暖和親密，

猶如和諧之泉暢流。

我們經由美妙音樂交流，

我們血管隨節奏躍動，

滲透我們內心，繪出圖畫，

熱烈理解彼此情感。

笑聲，有力的共同語言，

舒緩緊張，讓我們更接近，

笑容具有吸引心靈的魅力，

安慰我們，賦予力量。

記住人類的聲音，
和諧心靈有吸引力法則，
度過與心靈迷人的朋友之間
沒有憤怒衝突的生活。

有這樣的朋友，生活最幸福，
當我們衷心感動，繪畫時，
浸浴在音樂的節奏裡，
充滿迷人心靈的魅力。

玫瑰盛開在籬笆上
Roses Blooming on the Fence

玫瑰盛開在籬笆上，

有粉紅和鮮紅的光澤，

競爭而又和諧，

人類，神祕生命，已忘記和平智慧。

啊！五月美麗的玫瑰，我們該如何

回憶紀念和平，達成和諧？

我們必須聆聽彼此意見

互相尊重、互相理解，

通過對話和同情心，

我們必須鋪往和平與和諧的道路，

我不想再聽到戰爭的消息。

藉著寬恕和寬容，

化解矛盾，擁抱合作，

讓玫瑰藤找到和諧，

提醒我們和平的智慧。

透過教育和知覺，

播下和平價值和行動的種籽，

讓我們為和平盡力，

正如玫瑰獻出美容一樣。

玫瑰繽紛的顏色混成一體時，

創造更加美麗可供觀賞，

讓我們記住和諧與和平

是大自然賜予的禮物，

哇，五月玫瑰盛開在籬笆上，

這是我們所擁抱大自然的和諧恩賜。

完美時刻
Perfect Moment

花瓣被雨水淋濕，
脆弱但依然保持美麗。

曾經以璀璨光芒熠熠生輝，
如今飄落而謙虛飛翔，
得以生產豐碩果實
又以謙卑的姿勢紮根。

萬物都遵循變化規律，
無一例外漂流
在飄落的花瓣中，可見
果實種籽，天然注定。

完美時刻帶著一絲悲傷逝去，

萬物都蘊藏明日之美。

在追求豐富人生的懷抱中，

花瓣心甘情願飄落，不留痕跡。

駕車穿靄行駛
Driving through Mist in a Car

我在登漢拏山半路上遇到靄。

五月帶來意想不到的靄。

在靄中，我看到生命的奧祕。

我們努力生活並預測未來，

就像在車中穿靄行駛一樣，

我們遇到莫名的恐懼。

是什麼給我帶來靄？

春花開在煙雨裡，

記憶片片被靄驅散。

黃色和紫色花瓣逐一飄落，

在路邊翩翩起舞。

逃離靄中隱藏的命運羈絆，

我等待陽光無盡的奇蹟。

我看不到遠方，但靄
探尋逝去時光的痕跡，
把我們拉進去。

難道我們該順從靄，被捲走嗎？
慢慢駕駛在無法預測的路上，
我靜靜思考。

此刻，我們迷失在靄中，
向前進，看不清楚。
小小記憶片片浮現腦海，
寂寞時光和歡樂時刻交織。

霭不會說出生命的答案。

霭潛藏美麗的祕密。

面對意外的恐懼，

我們把生活片片逐一集攏。

我在登漢挈山半路上遇到霭。

想像五月花瓣，繼續行駛！

六月
June

春天到昨日已告結束，
新的季節已經開始，
總是，一種愁緒流連不去。

海浪流向汪洋，
水全體匯聚成浩瀚大海，
裡面可能混有淚水吧。

世界不會因悲傷致使海變鹹，
但我們在嘗鹽時會想到海，
而且必然會記得有些人的眼淚。

設想如果人不感到悲傷，

如果不會流淚，

有一天連海洋鹹味也會消失。

新的季節開始，就下雨啦，

雨水給植物注入生機，

使夏天更加豐盛。

多餘的水，連同有些人的眼淚，

會一路奔向海，

與海洋融為一體。

我為何讀詩
Why I Read Poetry

哲學範疇是世俗事，

試圖解釋平凡的存在。

但詩可以解釋人生的深奧經驗。

這是我選擇背詩的理由，

我在詩句中，發現交響曲。

從哲學角度出發，

我可能會感覺頭暈且大笑。

詩可以舒緩、超越潛在的衝突，

引導沉思，過平靜的生活。

無詩，就很難掌握同情心，

人類會在混亂中迷失。

透過背詩我們可以擺脫私慾，

進行反思，我們的心靈追尋光明。

一位賢哲說過：

「逃避就可獲得自由，

逃避自我、仇恨、瘋狂，

清除雜念，以求明白真相。」

幻象破滅時，純淨空性為主，

真相浮出，揭開現實面紗。

在真理寶盒前，嚮往夜晚的無知

就可能會消失無蹤。

我在讀詩時，心靈得到沉靜和淨化，
言語編織意義，改善世間錯誤的哭聲。
詩讓心靈自由，激發思想，
揭示生命的本質，創造生命之美。

在詩行裡，我們找到自由，無界領域，
探索無限的美。
我讀詩，記得詩的優雅，
與世界對話，我在詩路上擁抱。

所以，我會繼續讀詩，愉快記住，
因為詩指引我，照亮我的視野。

濟州市兩座頂峰之歌
Song of the Two Peaks of Jeju City

濟州市擁有兩座頂峰，

漢拏山突起，

高聳頭部伸向太平洋，

我們讚嘆大自然神奇之美，心生敬畏。

夢塔昂然矗立，

絢麗霓虹燈照亮全市。

附近龍頭岩擁抱大海，

我們目睹潮汐親吻海浪和蔚藍深淵，獲得安慰。

濟州島，一顆橢圓寶石，韓國人珍惜的驕傲，

在這片土地上，漢拏山的神聖守護靈保護我們。

我們向兩座尖峰尋求幸福與安寧。

濟州市中心，夢塔雄偉，

光芒四射美豔，新的地標，

夢塔，濟州島的驕傲，如此宏偉。

漢拏山之尖峰、夢塔之尖頂，

輝煌，自然之美，加上人工之美。

濟州市兩座頂峰吸引我們的心。

十月
October

時間隨風而逝，

風吹走濕氣，

農夫望著金色田野

具有亮麗、皺紋的笑容。

夏季候鳥準備離去，

冬季候鳥準備飛來這裡。

雖然湖水蔚藍不變，

反映森林面貌的變化。

果實停止生長，開始成熟。

草蟲在歌頌秋天。

葉子變黃又紅。

我映照湖水中的臉，頭髮白啦。

十一月
November

葉子隱藏一個祕密。

我原以為綠葉只存在一種顏色！

五月保持的綠色似乎要永遠持續下去，

但到了十一月，祕密開始自己表露。

望著午後的陽光，

黃色和紅色滲入我的心靈深處

直到最內在角落！

秋風揭開這個祕密。

我剛剛才發現！
母親以堅定不移的信念給予的愛
即使是空洞的承諾，
難道沒有像樹葉那樣的悲傷嗎？

是什麼拯救我的命運，
你秋天午後的臉色，
你優雅端莊的面容，
就像秋天溫柔的陽光。

在夜空群星下方
Beneath the Stars in the Night Sky

宇宙無際，大海無邊，

過去和未來各保持祕密，

低語早逝時光的迴響，

以及尚未破曉的時刻。

宇宙之舞，交融在一起，

星光啊，引導這位凡人的凝視，

歷經無盡的夜晚和無窮的白天。

一個星球的故事，如今隨時間消失，

然而卻在你的光芒中，展現精華。

光輝浩瀚，無法估量，

古老而且綿綿不絕的寶藏。

我們投射眼光，穿過銀河，
在無止境的宇宙光領域。
追尋位於遠方的真理，
在夜空中神祕的群星下方。

陰影深處，神祕的光芒閃爍，
我追逐夢想的碎片。
宇宙無際，大海無邊，
奇蹟尚待釋放出來。

空間和時間的交叉路口，

發現自己的目標，竟如此崇高。

一顆嚮往旅遊遠方的心靈，

參加群星陣容，如閃光的冰塊。

夢路上的人生
Life in a Dream Road

我看到也走到一條無綠色的寬廣荒路，
在某時空裡，有少數好朋友和許多壞朋友。
這就是人生，
我在掌心編織紋路，尋找運氣，
嘗試發光時，歹運捲走我的夢。

這就是人生，
一切發生在人生旅途上，
當直路可通往輝煌成就
痕跡變成疤痕，沒有成功。
這就是人生。

某時空的苦澀夢路，

留下甜蜜的回憶。

這就是人生。

和平之歌
Peace Song

曾經有子彈飛過的田野，讓玫瑰花開吧
破壞回聲縈繞的地方，讓自然恢復吧
因為仇恨永遠無法播種善良熟知的種籽
在愛的懷抱中，展露人性的真實本質

放下武器，任其生鏽吧，弭兵吧
擁抱和諧的香膏，讓全部憤怒釋除吧
真正的和平在於歡樂與共同繁榮
團結，讓我們的力量在天空下展現無遺

那麼讓我們揚聲高唱和平之歌吧

人類合唱團，我們都是成員

在團結與愛之中，讓一切衝突停止吧

神呀

賜福和平，願永遠留在人心當中

關於詩人
About Poet

　　姜秉徹（Kang, Byeong-Cheol），是韓國作家、詩人、翻譯家，政治學哲學博士。1964年出生於韓國濟州市，1993年開始寫作生涯。29歲發表第一篇短篇小說〈Song of Shuba〉。2005年出版短篇小說集，迄今榮獲四項文學獎，共出版八本書。2009年至2014年，成為國際筆會牢獄作家委員會（WiPC）成員。2018年至2022年，擔任濟州統一教育中心祕書長。之前，於2016年至2018年為濟州國際大學特聘教授，2013年

至2016年為忠南大學國防研究院研究教授，2010年至2017年擔任離於島研究會研究室主任，2010年至2013年兼任濟州人網路新聞媒體執行長。另外在濟州市報紙《新濟州日報》擔任社論主筆。目前職務是韓國和平合作研究院研究理事，濟州市報紙《濟民日報》社論主筆。

　　姜秉徹自述，在臉書上讀到台灣詩人的詩，這些豐富、獨特的文學作品，讓他大為快慰，經陳秀珍聯絡，他開始著手韓譯。2023年初起在《濟州新聞報》（News N Jeju）網路「文學／詩」專欄等發表，已翻譯刊載陳秀珍、李魁賢、楊淇竹、謝碧修、陳明克、莊紫蓉、蔡榮勇、戴錦綢、簡瑞玲、羅得彰、王一穎等詩作。完成韓譯李魁賢《台灣意象集》，率先在韓國出版。

關於譯者
About Translator

　　李魁賢，曾任國家文化藝術基金會董事長，現任世界詩人運動組織亞洲副會長。出版詩集25冊，詩選集3冊，文集35冊，外譯詩集32冊，漢譯詩集74冊和文集13冊，編選各種語文詩選41冊，共223冊，並著有回憶錄《人生拼圖》、《我的新世紀詩路》和《詩無所不至》。外文詩集已有英文、蒙古文、羅馬尼亞文、俄文、西班牙文、法文、韓文、孟加拉文、阿爾巴尼亞文、土耳其文、馬其頓文、德文、塞爾維亞文、阿

拉伯文、印地文等譯本。獲吳濁流文學獎新詩獎、巫
永福評論獎、榮後台灣詩獎、賴和文學獎、行政院文
化獎、吳三連獎新詩獎、真理大學台灣文學家牛津
獎、台灣國家文藝獎,以及多項國際文學獎。

語言文學類　PG3031　名流詩叢52

竹林颯颯
Sounds of Bamboo Forest

原　　　著 / 姜秉徹（Kang, Byeong-Cheol）
譯　　　者 / 李魁賢（Lee Kuei-shien）
責 任 編 輯 / 吳霽恆
圖 文 排 版 / 許絜瑀
封 面 設 計 / 張家碩

發 行　人 / 宋政坤
法 律 顧 問 / 毛國樑　律師
出 版 發 行 / 秀威資訊科技股份有限公司
　　　　　　114台北市內湖區瑞光路76巷65號1樓
　　　　　　電話：+886-2-2796-3638　傳真：+886-2-2796-1377
　　　　　　http://www.showwe.com.tw
劃 撥 帳 號 / 19563868　戶名：秀威資訊科技股份有限公司
　　　　　　讀者服務信箱：service@showwe.com.tw
展 售 門 市 / 國家書店（松江門市）
　　　　　　104台北市中山區松江路209號1樓
　　　　　　電話：+886-2-2518-0207　傳真：+886-2-2518-0778
網 路 訂 購 / 秀威網路書店：https://store.showwe.tw
　　　　　　國家網路書店：https://www.govbooks.com.tw

2024年3月　BOD一版
定價：220元
版權所有　翻印必究
本書如有缺頁、破損或裝訂錯誤，請寄回更換

讀者回函卡

國家圖書館出版品預行編目

竹林颯颯 / 姜秉徹著 ; 李魁賢譯. -- 一版. -- 臺北市 : 秀威
資訊科技股份有限公司, 2024.03
　　面 ; 　公分. -- (語言文學類 ; PG3031)(名流詩叢 ; 52)
BOD版
譯自 : Sounds of Bamboo Forest.
ISBN 978-626-7346-69-3(平裝)

862.51   113001710